Telangana Tourism
Visit for all reasons & all seasons

Telangana Tourism

वाह ! सामने तो फूल-ही-फूल हैं।
ऐसा लगता है जैसे सारे जहां के फूल यहां इकट्ठा हो गए हैं।
यह संसार का एकमात्र ऐसा त्यौहार है जो विशेष रुप से महिलाओं द्वारा मनाया जाता है और पुरुषों की इसमें भागीदारी नहीं है। तेलंगाना सरकार इस त्यौहार को अंतर्राष्ट्रीय स्तर पर प्रसारित करने का प्रयास कर रही है। बतुकम्मा त्यौहार सभी क्षेत्रों में औरतों की शक्ति को प्रोत्साहित करता है।

Telangana Tourism
Visit for all reasons & all seasons

Telangana Tourism

यहां मैं तुम्हें यह भी बता दूं कि तेलगू भाषा में बतुकम्मा का अर्थ होता है कि देवी मां जिन्दा है।
इसलिए यह त्यौहार स्त्री के सम्मान के रुप में मनाया जाता है।
पूरे नौ दिन तक मनाए जाने वाले इस त्यौहार में पहले पांच दिन महिलाएं अपने घर के आंगन को साफ-सुथरा रखती हैं। गोबर से आंगन को लीपती हैं, आंगन में सुंदर-सुंदर रंगोली बनाई जाती है।
पुरुष लोग तरह-तरह के फूल इकट्ठे करके लाते हैं, जिनको परतों में सजाकर मन्दिर की आकृति बनाई जाती है।
रोज शाम को महिलाएं और लड़कियां इकट्ठा होकर ढोल बजाती हैं और लोकनृत्य करती हैं।
बस चाचा जी, बतुकम्मा की जानकारी बहुत हुई, अब हमें भी बतुकम्मा लाइव मनाने दो।
हमें भी नाचने-गाने दो।

चाचा चौधरी
और
सबका इंटरनेट
चाचा चौधरी, चाची के साथ सुल्तानपुर गांव में।
चाचा जी! चलिए आपको खेतों की सैर करा लाएं।
अभी नहीं।
मुझे अभी तुम्हारी चाची के साथ जाना है।
हां, क्योंकि आज मैंने गांव वालों के साथ मिलकर गांव के चौपाल पर एक पंचायत का आयोजन किया है।

जिसे मैंने नाम दिया है।
इंटरनेट पंचायत!
फिर तो हम भी आपके साथ इंटरनेट पंचायत में चलते हैं।
आओ।

सभी भाइयों और बहनों को हमारी ओर से नमस्ते।
नमस्ते! नमस्ते!!
तो शुरु करें इंटरनेट पंचायत।
बिलकुल! हम सभी तैयार हैं।
हां! हां!!

सबसे पहले झामू आपसे कुछ कहना चाहता है चाची।
हां, कहो।
कल मैंने इंटरनेट से अस्पताल का फोन नंबर ढूंढा और एंबुलैंस बुलाई। तब वहां मेरी पत्नी की सही सलामत डिलिवरी हो गई।
क्या अब मेरे नवजात बच्चे के लालन-पालन के बारे में भी इंटरनेट पर कुछ है क्या ?
लालन-पालन क्यों झामू, अपने बच्चे की शादी-विवाह और उसके बच्चों के बारे में भी पूछ ले।
हा ! हा !!

बिलकुल सबसे पहले मोबाइल इंटरनेट खोलने के लिए सर्च बार दबाओ।
इंटरनेट से जानकारी पाने के लिए बहुत तरह के सर्च इंजन हैं। जिसमें से Google एक है, तो चलो www.google.co.in खोलो।
अब Google सर्च बार में हिन्दी की-बोर्ड की मदद से नवजात शिशु देखभाल टाइप करो।
Google
India
। नवजात शिशु देखभाल
Google Search
I'm Feeling Lucky
Google पर आप इसी तरह अंग्रेजी, हिंदी, पंजाबी, कन्नड़ , तेलगू, मराठी, बांग्ला, यानी अपने भारत की 17 भाषाओं में से किसी भी भाषा में लिख सकते हो।
आपको जवाब भी मिलेगा और जानकारी भी।
और वाइस सर्च की मदद से आप बोल कर भी सर्च कर सकते हैं।
Google
India
। नवजात शिशु देखभाल
Google Search
I'm Feeling Lucky

तुम्हारे ऐसा करते ही तुम्हारे सामने नवजात शिशु के लालन-पालन और...
Google
नवजात शिशु की देखभाल
सभी समाचार चित्र वीडियो मानचित्र पुस्तकें
छोटे बच्चों (जन्म से 3 माह) के स्वास्थ्य की देखभाल
www.fhs.gov.hk › hindi › new_born
12/08/2015 - अस्पताल से छुट्टी दिए जाने से पहले डॉक्टर द्वारा आपके नवजात शिशु की जांच की जानी ...
नवजात की देखभाल: कैसे एक नवजात शिशु की देखभाल ले लो करने के लिए - यूट्यूब
https://m.youtube.com › watch
और उसकी देखभाल के बारे में सारी जानकारियां आ जाएंगी।
आ रही हैं। बिलकुल आ रही हैं।
अब मैं अपने बच्चे को खूब अच्छे ढंग से पालूंगा।
बच्चे के साथ जच्चा की भी जानकारियां इंटरनेट से लेना मत भूल जाना।
बिलकुल! क्योंकि जच्चा अच्छी रहेगी तो बच्चा ही नहीं घर भी सुखी रहेगा।

हम में से कुछ गांव वाले अलग-अलग बीमा. रियों से ग्रस्त हैं।
क्या हमारी बीमारियों के बारे में भी इंटरनेट के पास कोई इलाज है ?
हां। YouTube की मदद से तुम सर्च करके वीडियो भी देख सकते हो।
और उस इलाज को तुम अपने आप ढूंढोगे।
सही कहा।
अपने-अपने मोबाइल फोन निकालो।
निकाल लिए।
अब सर्च बार पर जाओ।
google.co.in
Google
India

चले गए।
गुड ! अब जिसे जो परेशानी है उसके बारे में गूगल के हैडर पर लिखे।
डेंगू के उपचार
डेंगू के घरेलू उपचार Home Remedies For Dengue Fever | Dengue Sym...
ViaNet Health
7 महीना पहले · 26 हज़ार दृश्य
डेंगू में ब्लड प्लेटलेट्स बढ़ाने के लिये क्या खाएं - Onlymyhealth.com
onlymyhealthtv
1 वर्ष पहले · 26 हज़ार दृश्य
मैंने लिख लिया।
मैंने भी।
और अब तो मेरी बीमारियों से बचने की जानकारी भी आ रही हैं।

ये जानकारियां लेखों, और कमेन्ट्स के रूप में तो होंगी ही बल्कि वीडियो के रूप में भी होंगी।
और उसके लिए तुम्हें YouTube खोलना होगा।
यह YouTube क्या है ? चाचाजी !
YouTube एक ऐसा App है। जिसमें सारी जानकारियां वीडियो के रूप में होती हैं। इससे हम अपनी मनपसंद जानकारियों को देखकर और सुनकर अच्छी तरह समझ सकते हैं।
और यह YouTube खुलता कैसे है ?
बहुत सिम्पल है।

आप सब को मोबाइल स्क्रीन पर यह YouTube का App दिखाई दे रहा है।
...अब तुम जैसे ही YouTube App के इस आइकन पर क्लिक करोगे...
खेती की सुरक्षा के उपाय
सोयाबीन की इस तरह खेती करने से किसान होंगे मालामाल
News18 Hindi
2 वर्ष पहले · 13 हज़ार दृश्य
12:13
बुवाई दूरी
कतार से कतार - 30 से.मी.
बीज से बीज - 20 से.मी.
10:12
अदरक की वैज्ञानिक खेती पर जानकारी
News18 Hindi
1 वर्ष पहले · 416 दृश्य
इस तरीके से आप इसके बारे में Google पर पढ़ सकते हैं और YouTube पर देख भी सकते हैं।

- अब तुम YouTube के इस पेज के हैडर पर सर्च ऑप्शन को क्लिक करोगे...
जिस विषय पर वीडियो या फिल्म देखनी हो उसे YouTube के हैडर में टाइप करोगे।
..तुम्हारे ऐसा करते ही तुम्हारे विषय से सम्बंधित वीडियो या फिल्म तुम्हारे सामने होगी।...
...जिसे तुम मजे से देख-सुन सकते हो।
हम देख रहे हैं।

मैं भी देख रही हूं।
और मैं भी।
और इन सबसे ज्यादा। सभी ग्रामीण भाई अपनी खेती-बाड़ी के बारे में भी जान सकते हैं।
अच्छा!
हां, ऐसा इंटरनेट की वजह से बहुत आसान है। इसके लिए तुम्हें बस जैसी भी खेती करनी है, उसके बारे में Google पर लिखना है।

ऐसा करते ही तुम्हें उस खेती के बारे में सारी जानकारी मिल जाएगी। जैसे किस खास किस्म की खेती किस खास मौसम में की जाए।
...उनके उन्नत बीज...
खेती की सुरक्षा के उपाय
प्याज की फसल में पौध सुरक्षा उपाय
गन्ने की फसल में पौध सुरक्षा उपाय
मटर की फसल में पौध सुरक्षा उपाय के लिए इन बातों पर करें गौर
सौंफ की फसल में पौध-सुरक्षा उपाय पर देंगे जानकारी
देखें: अफीम की फसल में पौध-सुरक्षा उपाय
...उसे उगाने के सही तरीके...
खेती की सुरक्षा के उपाय
सोयाबीन की इस तरह खेती करने से किसान होंगे मालामाल
अदरक की वैज्ञानिक खेती पर जानकारी
...और उसकी सुरक्षा के सभी उपाय...
जैविक खेती के लिए खाद
जैविक खेती के लिये खाद तैयार करने का तरीका~ कृषि ऋषि सुभाष पालेकर जी
जैविक खेती में इन बातों का रखें ख्याल

और तो और फसल के बिकने के सही दाम के बारे में भी जान सकते हैं।
अरे वाह !
सिर्फ वाह नहीं बेटा। वाह ! वाह !! कहो। इंटरनेट की वजह से सारी दुनिया तुम्हारे आसपास है। हमारे जमाने में ऐसा कहां था।
सही कहा हरिया चाचा।
इंटरनेट की एक और उपयोगिता तुम्हें बता दूं।
इसमें एक Google Map App है।

इस Google Map की मदद से आप लोग अपने गांव, तहसील और जिले के स्कूल, अस्पताल और रास्तों का पता लगा सकते हो।
Sikrauda
Jauri
मुरैना
Morena
Chonda
Lohgarh
...बल्कि वहां तक पहुंचने के रास्ते और यातायात साधन भी जान सकते हैं।
9:02 AM
Dr. KK गुप्ता
Punjab nation bank Atm
Rathi Hospital
Boi ATM
Children Hospital
जिला अस्पताल
POLICE LINE COLONY
SHIVSHAKTI VIHAR
दूरी
2.5 KM
कमाल है ये सब तो!
चलते-चलते एक बात और बता दूं इंटरनेट का इस्तेमाल करते समय अगर आप लोग कहीं पर फंस जाओ तो एक टोल फ्री नम्बर याद रखे, जो है ...

नम्बर क्या है ?
www.chachachaudhary.com

1800 41 999 77

चाचा चौधरी सुपर मिनी कंप्यूटर
पता है, चाचा चौधरी आजकल हाइटैक हो गए हैं।
उस टेबलैट की वजह से।
वह कोई साधारण टेबलैट नहीं है एक सुपर मिनी कंप्यूटर है। दुनिया के सबसे बड़े कंप्यूटर किंग ने चाचा को यह स्पेशल गिफ्ट दिया है।
यह तो लाखों का होगा।
सही कहा।

बहुत ध्यान से कहीं कोई गड़बड़ ना हो।
चलो।
वाह! मजे आ गए। हमने यह चाचा चौधरी
का टेबलैट चुराकर उसे मात तो दे ही दी,
साथ ही लाखों का धंधा भी कर लिया।

सबसे बड़ी बात तो यह है कि यह लॉक नहीं है।
इसे बेचने से पहले क्यों ना इसे चलाने का मजा ले लें।
जल्दी से दबा बटन।
यह ले।
अचानक -
अरे, यह क्या ?
ओह !

हमारा शरीर तो जाम हो गया।
मैं तो हिल-डुल नहीं पा रहा हूं।
ऐसा कैसे हुआ ?
तुम्हारी समझ में नहीं आएगा।
...मैं बताता हूं।
चाचा चौधरी ! हमारे गुप्त अड्डे पर। कैसे ?
मैं यहां इस टेबलैट की वजह से पहुंचा। क्योंकि मैंने इसमें ट्रेकर मोड़ एक्टिवेट कर रखा है।

दूसरी रही तुम्हारे शरीर के जाम हो जाने की बात तो जैसे ही मेरे सिवा कोई और इस टेबलैट को आपरेट करता है, वैसे ही इसमें से कुछ अदृश्य तरंगें निकलती हैं।
आसपास खड़े लोगों के शरीरों को कुछ देर के लिए जाम कर देती है।
कुछ देर हो गई, हमारा शरीर सामान्य हो रहा है।
तो क्या हुआ मेरे मुक्के तुम्हें जाम कर देंगे।
मुझे नहीं लगता कि पुलिस के आने तक अब तुम सामान्य हो पाओगे।

चाचा चौधरी की लॉटरी
डूंगा ! वह इधर आ रहा है।
उसका बैग भारी लगता है।
जनाब ! क्या यह खबर आपके बारे में है ?
ओ-हां !
तो वह बैग हमारे हवाले करो।
© PRAN'S FEATURES

इधर दो उसे!
ओह! बैग अचानक खुल गया।
वह बम मुझे लावारिस पड़ामिला था। मैं उसे बम डिस्पोज़ लस्क्वैड को देने जा रहा था।
बम ???
वह लुढ़ कताहुआ हमारी तरफ आ रहा है।
भागो!
www.chachachaudhary.com

बचने के लिए तालाब में कूदो।
छपपप!
कड़ड़ बमम म!
बेवकूफों! इतनी बड़ी रकम हमेशा चैक से मिलती है।

चाचा चौधरी और सुपारी किलर

शहर के दूसरे हिस्से में, लूटमार यूनिवर्स का ऑफिस।
सर! आपने बुलाया?
कंपनी मालिक जमजम।
हां, डी. डी.। हमारे प्रोडक्टस् और शेयर्स की पोजीशन क्या है?
मैं कम्प्यूटर में चैक करके बताता हूं।
हमारे शेयर्स की वैल्यू कमजोर है। कोई खरीददार नहीं।
ऐसा कैसे हुआ?
लोग हमारी प्रतिद्वंदी कम्पनी ओनेस्ट के शेयर खरीदते हैं।
इससे पहले कि मैं बर्बाद हो जाऊं, मुझे कोई ठोस कदम उठाना होगा।

सर ! भीरुभाई
पैसा वाला आए हैं ।
ओह ! यह
खुजली कहां से
आ टपका ?
जमजम ! तुमने मुझसे पच्चीस
करोड़ का लोन ले रखा है ।
मैं वसूली के लिए आया हूं ।
भीरु भाई ! मुझे थोड़ा वक्त और दो ।
यह बात तुम
पिछले काफी
समय से कह
रहे हो ।
मैं तुम्हें पंद्रह दिन
का वक्त देता हूं ।
उसके बाद मैं कोर्ट से
तुम्हारी संपत्ति की
कुर्की करवा दूंगा ।
मुसीबत कभी अकेले
नहीं आती ।
अगर ओनेस्ट इंटरनेशनल का
चेअरमैन गायब हो जाए तो उसके
शेयर लुढ़क जाएंगे और मेरे शेयर
चढ़ जाएंगे । मेरा सारा कर्जा उतर
जाएगा ।

सुपारी किलर कूका डॉन का अड्डा।
कूका! ओनेस्ट के मालिक पटेल-पटेल को मार डालो।
दाम लगेंगे - चार शेर और पचास बब्बर।
इस काम में जानवरों का क्या काम?
सेठ! हमारे धंधे में शेर का मतलब करोड़ और बब्बर के मायने लाख होता है।
यानी तुम्हारी फीस चार करोड़ पचास लाख?
मंजूर है।
बागो! कालू! काम पर निकलना है।

आज तो डगडग तेज दौड़ रहा है ?
वह आज अच्छे मूड में हैं।
आज मैं जल्दी घर जा रहा हूं। मुझे परिवार के साथ समय गुजारना है।
श्रीमान ! आगे खतरा !
मार डालो उसे !
राट ! राट !! टाट !!
साबू ! एक्शन।

मच्छरो !
रटट ! रटट !! टाट !!
भून डालो इसे !
वह घायल हो गया।
लेकिन मरा नहीं।
ट्रक के दूसरी तरफ पोजीशन ले लो।
रटट ! रटट !! टाट !!
यहां से हम उस पर हमला कर सकते हैं, वह नहीं।
आग्रहह !

जब साबू को गुस्सा आता है
तो कहीं ज्वालामुखी फटता है।
हू-हूबा!
धड़ाक से!
ओह!
आऊ ऊ!
शुक्रिया! आपने मेरी जान बचाई।
आप जा सकते हैं।
इंस्पेक्टर मोज़ा! यह रहा, असली मुजरिम।

चाचा चौधरी
खान बटाटा
चाचा चौधरी के घर से खाने की बढ़िया खुश्बू आ रही है।
वाह ! बीनी ! पेट में चूहे कूद रहे थे।
मेरी बात ध्यान से सुन लो...
राशन खत्म है। आज याद से ले आना, नहीं तो कल से उपवास शुरू।
अरे-रे ! रुको ! वह खाना मैं खाऊंगा।
मैंने आपको न्यौता नहीं भेजा था।
खान बटाटा जो चाहता है, हासिल करके रहता है। मेज से उठ जाओ।

खान ! भोजन से पहले उस वाश बेसिन में हाथ धो आओ।
उसने ठीक कहा। मेरे हाथ गंदे हैं।
मैंने नल खोल दिया।
छपाक क !
ओह !
यह नल जोरदार प्रेशर मारता है।

चौधरी ! खाना कहां गया ?
मेरे पेट में।
मैं तुम्हें इसका सबक सिखाता हूं।
अब तुम नहीं बचोगे।
धांय य !
भागो !
मैं ऊपर आ रहा हूं।
LIFT
जब लिफ्ट है, तो सीढियां क्यों चढना ?
LIFT
मैं उसके जैसा बेवकूफ नहीं हूं।
धा ड़ा क क !
आऊ ऊ !
मैंने यह नकली लिफ्ट तुम जैसे बदमाशों के लिए ही लगवाई है। बटन दबाते ही पंखा आ गिरता है।

चाचा चौधरी
फव्वारा
संभालो मेरी गेंद !
टचाक !
कड़ाक क !
भागो यहां से ! जाकर मैदान में खेलो।

यहां खेलने पर कोई रोके-टोकेगा नहीं।
साबू ! हमें यहां क्रिकेट खेलनी है।
तो खेलो।
जब तक तुम यहां बैठे हो। हम खेल नहीं सकते।
मुझ से क्या फर्क पड़ता है ?
हमारी बॉल तुम्हें लग जाएगी।
लगने दो।

तुम्हें लगते ही हमारी बॉल टूट जाएगी।
अगर मैं यहां से उठ गया तो तुम खेल नहीं पाओगे।
जाओ, यहां से। तभी हम खेल सकेंगे।
ठीक है, मैं जाता हूं।
मैं पानी के फव्वारे पर बैठा था।
© PRAN'S FEATURES

चाचा चौधरी
कुंडल और पहिया
चाचाजी ! आपने वादा किया था कि आप खेलने के लिए मुझे एक खिलौना देंगे।
मैंने कहा था, रिकी। पर उसे खरीदने के लिए अभी मेरे पास पैसे नहीं हैं।
तो आप साबू का कुंडल मुझे दिला दो। मैं उसे पहिया चलाने के काम लाऊंगा।
तुम इसे ले सकते हो, रिकी। जब खेल लो, तो इसे लौटा देना।

वाह ह ! यह खूब दौड़ता है ।
ढलान आ गई है ।
ओह! वह आगे निकल गया! मैं उतना तेज नहीं दौड़ सकता ।
इरशाह ! किसी का पहिया चलता हुआ हमारे पास आ गया है ।
यह तो खालिस सोने का है । हजारों रुपए का बिक सकता है ।

मेरा पहिया।
चुप! अगर शोर किया तो चांटा रसीद करूंगा।
बुद्दन! अक्ल से काम लो। अगर लड़का रो पड़ा तो पुलिस आ जाएगी। मुझे उससे निपटने दो।
अच्छे बच्चे! उस छोटे पहिए के बदले, मैं तुम्हें साइकिल का पहिया देता हूं। यह खूब दौड़ेगा।
चलो! नौ दो ग्यारह हो जाओ।

रिकी ! मेरा कुंडल कहां है ?
वहां दो बदमाशों ने उसे ले लिया...
और यह साइकिल का पहिया दे दिया।
मैं दूसरों की चीज नहीं लेता। इसे वापस करना होगा। चलो, मेरे साथ।
वह भागे जा रहे हैं।
जाओ !
सर रा्‌ट ट !

धड़ाक क !
आऊ ऊ ,
मेरी गर्दन !
वह सोना
गिर पड़ा।
इसे मैं उठा ले जाता हूं।
?!
भागो !
अपनी साइकिल का
टायर भी हाथ से गया।